시인 풀꽃 당나귀

시인 풀꽃 당나귀

1판 1쇄 인쇄 2017년 4월 10일
1판 1쇄 발행 2017년 4월 20일

지은이 김영석

발행처 문학의숲
발행인 이은주

신고번호 제300-2005-176호
신고일자 2005년 10월 14일

주소 (121-839) 서울특별시 마포구 양화로7길 84 영화빌딩 4층
전화 02-325-5676
팩스 02-333-5980

값은 표지에 있습니다.
ISBN 979-11-87904-03-8 03810

시인 풀꽃 당나귀

김영석 시선집

참된 나그네는 저물녘 길을 묻지 않는다
너의 온 몸과 마음이 늘 푸른 길이 되어라

문학의숲

　내가 쓴 시 중에서 비교적 서정성이 짙고 독자들에게 쉽게 읽혀지리라 생각되는 작품들을 고르고, 거기에다 시와 산문을 함께 읽는 사설시 두 편을 묶어 시선집을 펴낸다. 그리고 독자들의 이해를 돕기 위하여 평소 시에 대한 나의 기본적인 생각을 적은 짧은 산문 하나를 맨 끝에 덧붙인다.

　시는 산문과 달리 두세 번씩은 곰곰히 음미하면서 읽어야 한다. 그렇게 시집 전체를 끝까지 읽어가다가 단 한 편이라도 마음 깊이에서 공명을 일으키는 작품을 만나게 된다면 그것은 메마른 영혼을 적시는 얼마나 희유한 행복의 경험이겠는가.

　나는 이 시집을 읽는 당신이 부디 단 한 편에서라도 그러한 시 감상의 축복이 있기를 간절히 바랄 뿐이다.

2017년 3월
변산, 흰 눈 씻는 집에서
하인何人 김영석

차례

2부

3부

4부

5부 사설시

■ 산문 |시인·풀꽃·당나귀

1부

그대에게

그대여 외로워하지 마라
아직 많은 사람들이
외로움의 뼈를 보지 못 했나니
그대는 그 뼈를 짚고
먼저 일어서리라

그대여 슬퍼하지 마라
아직 많은 사람들이
슬픔의 뗏목을 지니지 못 했나니
그대는 그 뗏목을 타고
쉬이 강물을 건너리라.

섬

별 속에는 섬이 있다
아직 아무도 가보지 않은
섬 하나 떠 있다
꺼지지 않는 그 섬 하나 있기에
멀리 보는 눈빛마다
별들은 오래 오래 반짝이리

꽃 속에는 섬이 있다
아직 아무도 발 딛지 않은
섬 하나 숨어 있다
지워지지 않는 그 섬 하나 있기에
닿지 않는 손끝에서
꽃들은 철철이 피어나리

눈물 속에는 섬이 있다
아무도 노 저어 닿지 못한
섬 하나 살고 있다
손짓하는 그 섬 하나 있기에

멀리서 그대와 나는
날마다 저물도록 헤매이리.

모든 돌은 한때 새였다

모든 돌은 한때 새였다.

하늘에서 오래는 머물지 못하고
새는 제 몸무게로 떨어져
돌 속에 깊이 잠든다

풀잎에 머물던 이슬이
이내 하늘로 돌아가듯
흰 구름이 이윽고 빗물 되어 돌아오듯

어두운 새의 형상
돌 속에는 지금
새가 물고 있던 한 올 지평선과 푸른 하늘이
흰 구름 곁을 스치던
은빛 바람의 날개가 잠들어 있다.

낙화

바람은 꽃잎을 나부껴
제 몸을 짓고
꽃잎은 제 몸이 서러워
바람이 되네.

이슬 속에는

한 방울 이슬 속에는
어디론가 끝없이 떠나는 사람들의
뒷모습이 어른거린다
콩 꽃 같은 흰 옷고름이
안쓰럽게 얼비치고
가슴에 묻은 날카로운 칼날도
눈물에 삭고 휘어
이따금 찌르레기 소리에 반짝인다.

그리움

한 사람을 그리워한다는 것은
갈꽃이 바람에
애타게 몸 비비는 일이다
저물녘 강물이
풀뿌리를 잡으며 놓치며
속울음으로 애잔히 흐르는 일이다

정녕 누구를 그리워하는 것은
산등성이 위의 잔설이
여읜 제 몸의 안간힘으로
안타까이 햇살에 반짝이는 일이다.

바람이 일러주는 말

홀로 길을 걸으면
지나가던 바람이 일러준다
맨 처음에 길은
내 마음의 실마리에서 시작된 것이라고

들꽃을 보고 있으면
지나가던 바람이 일러준다
맨 처음에 꽃은
내 마음의 빛깔을 풀어놓은 것이라고

굽이굽이 흐르는 강물도
푸른 하늘을 나는 새들도
먼 옛날
내 마음이 아기자기 자라난 것이라고

멀고 가까운 온 누리 돌아서
아득한 별까지 두루 지나서
내 귀에 속삭이는 바람이

바로 내 마음의 숨결이라고
지나가던 바람이 일러준다.

노을 아닌 꽃들이 어디 있으랴

사람아 사람아 서러워 마라
더 없이 모자라고 힘없다고 울지 말아라
봄풀은 밟혀도
해마다 바보같이 새로이 돋아나고
들꽃은 바람에 찢겨서
차마 볼 수 없이 아름답지 않으냐

사람아 사람아 서러워 마라
목숨 덧없고 가난하다 울지 말아라
빈 손 빈 몸으로
바람은 비로소 만물을 어루만지느니
해와 달 머금고 피어나
이 세상 노을 아닌 꽃들이 어디 있으랴.

썩지 않는 슬픔

멍들거나
피흘리는 아픔은
이내 삭은 거름이 되어
단단한 삶의 옹이를 만들지만
슬픔은 결코 썩지 않는다
옛 고향집 뒤란
살구나무 밑에
썩지 않고 묻혀 있던
돌아가신 어머니의 흰 고무신처럼
그것은
어두운 마음 어느 구석에
초승달로 걸려
오래 오래 흐린 빛을 뿌린다.

배롱나무 꽃그늘

사랑하는 이여
사람은 너무 크거나 작은 것들은
아예 듣도 보도 못하나니
제 이목구비만한 낡은 마을을 세우고
때도 없이 시끄럽게 부딪치나니
사랑하는 이여
이제 이 마을 살짝 벗어나
너무 크고 작아 그지없이 고요한 곳
저 배롱나무 꽃그늘에서 만나기로 하자
그 꽃그늘에 고대古代의 호수 하나 살고 있고
호수 중심에 고요한 돌 하나 있으니
너와 나 처음 만난 눈빛으로
배롱꽃 등불 밝혀 돌 속으로 들어가
이제 그만 아득히 하나가 되자.

길

길은 없다
그래서
꽃은 길 위에서 피지 않고
참된 나그네는
저물녘 길을 묻지 않는다.

바람 속에는

바람 속에는 바람 속에는
아직 먼 숲을 향해 달려가는
수많은 짐승들이 살고 있습니다
샛바람 하늬바람 속에는
샛바람 하늬바람 짐승들이 달려가고
마파람 높새바람 속에는
마파람 높새바람 짐승들이 달려갑니다
실상 바람이 부는 소리는
그 많은 짐승들의 숨소리요
그 어린 새끼들이 칭얼대며 우는 소리입니다
바람 속에는 바람 속에는
아직 모양도 이름도 없어
우리가 영 알 수 없는 짐승들이
먼 숲을 꿈꾸며 살고 있습니다.

숯

숯을 아시나요
마파람 하늬바람 모두 잠들고
어두운 길로 다니던 뭇 짐승들
아득한 벼랑으로 떨어져버린
고요 속의 검은 뼈를 아시나요

벼락의 고요 속 등잔불도 꺼지고
춘하추동 층층이 쌓이어 묻힌
사투리의 무덤을 아시나요

남루한 옷들은
타오르는 불길에 벗어버리고
살 속의 불길에 주어버리고
썩지 않는 뼈로 남아
길을 껴안는 숯을 아시나요

깊고 먼 자정子正
당신의 벌판에도 눈이 내리면
맑은 이마에서 소리없이 타오르는

불과 이별한 빛으로 타오르는
당신 영혼의 숯을 아시나요.

거기 고요한 꽃이 피어 있습니다

당신은 지금
길가에 뒹굴고 있는
돌멩이 하나를 보고 있습니까
돌멩이가 있다면
그것을 보고 있다면
거기 고요한 꽃이 피어 있습니다

당신은 지금
산새 울음소리를 들으며
황톳빛 돌배를 베어 물고
지난봄을 그리워하고 있습니까
거기 고요한 꽃이 피어 있습니다

당신이 무엇인가 골몰하고 있을 때
어디선가 어떤 사람들은
서로 죽이며 피를 흘리고 있습니다
거기 고요한 꽃이 피어 있습니다

고요한 꽃이 없으면

해도 달도 뜨지 않고
바람조차 일지 않습니다
고요한 꽃은 없기에
언제나 거기 피어 있습니다.

버려둔 뜨락

뜨락을 가꾸지 않은 지 여러 해
온갖 잡초와 들꽃들이
절로 깊어졌다
풀숲 여기저기 흩어진 돌들은
깊은 생각에 잠겼다
이제 내 마음대로
저 돌들을 치우고
잡초를 뽑을 수 없다는 것을
조용히 깨닫는다.

2부

바람의 뼈

바람도 죽는다.
죽어서는 오래 삭지 않는 뼈를 남긴다.
단청이 다 날아간 내소사 대웅전
앙상히 결만 남은 목재를 보라
바람의 뼈가 허공 속에
거대한 적멸의 집 짓고 서 있다.

빈집 한 채

너의 마음 깊이 숨어있는
빈집 한 채
너의 슬픔과 외로움과 그리움이
거기서 생기는
너는 모르는 그 빈집
비가 오나 눈이 오나
오랜 세월 너만을 기다리는
텅 빈 그 집.

감옥

가슴 깊이
별을 지닌 사람들은
모두 감옥에 갇힌다
별 향한 창틀 하나 달린
감옥 속에

한번
푸른 하늘을 본 사람들은
모두 감옥에 갇힌다
하늘 향한 창틀 하나 달린
감옥 속에

타는 그리움으로
노래를 불러본 사람들은
모두 감옥에 갇힌다
귀를 향한 통로 하나 달린
감옥 속에

순한 짐승들은 숲 속을 서성이고

꿈꾸는 사람들은
한평생 감옥 속을 종종이고

사람들은 누구나
제 키만한 감옥 속에
조만간 갇히게 된다
갇혀서 마침내 작은 감옥이 된다.

거울

인적 없는 외진 산 중턱에
반쯤 허물어진 제각祭閣
아무도 모르는 망각지대에
스러지기 직전의 제 그림자를
간신히 붙들고 있다
구석에는 백치 같은 목련이
하얀 꽃을 달고 서있다
아, 기억만 거울처럼 비치는 것이 아니구나
망각은 더 맑고 고요한 거울이구나.

초승달

새벽에 홀로 일어나 보니
서리 낀 하늘
제 수심에 쏠린 난초 잎 같은
초승달 하나가
내 가슴 어디께 숨어있던
소년시절 희미한 칼날을 찾아내어
늑골 새를 처연히도 비추어 주네.

길은 다시 길을 찾게 한다

길은
다시 길을 찾게 한다
길에 갇힌 나그네여
어디서나 푸르게 솟는
저 이름 없는 잡초를 보라
너의 온 몸과 마음이
늘 푸른 길이 되어라.

거지의 노래

나는 거지라네
몸도 마음도 다 거지라네
천지의 밥을 빌어다가
다시 말하면
햇빛과 공기와 물과 낟알을 빌어다가
세상에서 보고 겪은
온갖 잡동사니를 빌어다가
마른 수수깡으로 성글게 엮듯
잠시 나를 지었다네
달이 뜨면 달빛이 새어 들고
마파람 하늬바람 거침없이 지나간다네
그래도 거지는
빌어 온 것들로 날마다 꿈을 꾸고
빌어 온 물과 소금으로 눈물을 만든다네
나는 처음부터 빈털터리 거지였다네.

가을

귀가 얇아지는 가을
멀리 가까이
가랑잎 지는 소리
천지 가득
경전 책장 넘기는 소리.

돌담

막막한 세상의 끝
천지에 더 이상 갈 곳이 없고
더 이상 나아갈 길이 보이지 않을 때
나는 홀로
돌담을 마주하고 선다
조용히 돌거울을 들여다보면
거기 내가 길이 되어 누워있다
지평선 너머로 사라지는 한 줄기
길이 되어 외롭게 누워있다.

수리

수리는 떼를 짓지 않는다. -이소離騷

눈 덮인 겨울 산
천 길 벼랑에
한 마리 수리가 살고 있다
바람과 벼랑이 낳고
푸른 하늘이 기른
수리 한 마리가
내 마음 벼랑에
홀로 살고 있다.

낮달

낮달은 아무도 보지 않는다
빈 나뭇가지가 가리켜 보이거나
홀로 나는 철새가 고요히 비껴갈 뿐
낮달은 아무것도 가진 것이 없어
스스로 빛날 수도 없고
외쳐도 소리가 없고
울어도 눈물이 없다
외딴 웅덩이에 혼자 내려와
희미한 제 얼굴을 비추어 보거나
억새밭 너머에서 바람이나 부를 뿐.

나는 거기에 없었다

가을걷이 끝난 텅 빈 들판에
이따금 지푸라기가 바람에 날리고
지금은 아무도 살지 않는
외딴 빈 집
이따금 낡은 문이 바람에 덜컹거린다

바람에 날리는 지푸라기와
바람에 낡은 문이 덜컹거리는 소리는
누가 보고 들었는가?
시를 쓰는 내가?

나는 거기에 없었다.

고요한 눈발 속에

어느 날 문득
참으로 가진 것도 아는 것도
아무것도 없다고 소슬히 느낄 때
오늘도 내일도 참으로 바랄 것이
아무것도 없다고 조용히 되새길 때

천지에 자욱이 내리는
고요한 눈발 속
홀로 서 있는 나를 본다
풀꽃도 돌멩이도
눈을 맞고 있다.

종소리

흙은 소리가 없어 울지 못한다
제 자식들의 덧없는 주검을
가슴에 묻어두고 삭일 뿐
소리를 낼 수가 없다
그러나 흙은
제 몸을 떼어 빚은 사람을 시켜
살아있는 동안
하늘에 종을 걸고 치게 한다
소리없는 가슴들
흙덩이가 온몸으로 부서지는
소리를 낸다.

바다

바다는 벙어리의
귓속에 잠들어 있고

바다는 벙어리의
붉은 가슴속을 출렁이고 있고

달려도 달려도
캄캄한 대낮은 이마 위로
소리없이 무너져 내리고

울음 속에 빠뜨린 그물은
영원히 찾을 길 없고

살아있는 죽음이여
한 개의 돌멩이 속에 입적入寂하라

달려도 달려도
바다는 벙어리의

입 속에 돌멩이로 굳어 있고
육지 하나 끝없이 누워 있고.

3부

풀잎

풀밭에서 혼자 놀던 아이가
알록달록한 종다리를 잡더니
그 작은 새의 가슴에서
흰 구름을 뭉게뭉게 꺼내어
푸른 하늘로 연신 날려 보낸다
그리고는 이윽고
종다리도 구름 따라 날려 보내고
풀잎 속으로 들어간다
머리칼도 안 보이게
풀잎 속에 숨는다

아이들은 그렇게
파란 풀잎 속에 숨어있다.

호수

산속의 호젓한 호수
그 맑은 외눈
내가 한눈팔고 다니며
두 눈 뜨고 보지 못한
하늘과 바람과 별을
혼자 보고 있었네.

종이배

어느 날 천지가 적막하고 외로워
마음 하나 붙일 곳 없을 때엔
하얀 종이배를 접어 타고
멀리 멀리 빈 배처럼 흘러가라
흘러가다 풀잎 하나 만나면
그 풀잎에 빈 배를 묶고
그만 별빛도 지워버려라.

바람의 색깔

아이가 하얀 종이에
크레용으로 바람을 그린다
풀잎을 흔드는 바람을 생각하며
파란색을 칠하고
꽃잎을 흔드는 바람은
빨간색을 칠하고
별이 돋는 초저녁 바람은
보라색을 칠하고
무지개처럼 바람을 색칠한다
어머나, 바람이 곱기도 해라
애야, 네 마음은 무슨 색이니
고운 색색의 바람이 물든
하얀 종이를 가리키며
아이가 하얗게 웃는다.

무엇이 자라나서

하늘에 맞닿은 저 키 큰 나무는
맨 처음 무엇이 자라나서
저리 키 큰 나무가 되었을까요
그것이 아주 궁금하여
칸칸이 불을 밝힌 기차를 타고
나무 속 어둠을 한없이 달려가 보았더니
열심히 나무만을 생각하고 생각하는
생각의 씨앗 하나 있었습니다

잔잔한 물결무늬 한없이 번지는
멀고도 가까운 저 한 송이 꽃은
맨 처음 무엇이 자라나서 된 것일까요
그것이 못내 궁금하여
꽃 속의 한없이 깊은 샘으로
한 줄기 두레박을 타고 내려가 보았더니
생각 속의 생각 속에
텅 빈 고요의 씨앗 하나 있었습니다.

밤하늘에 빛나는 저 많은 별들은

맨 처음 무엇이 자라나서 된 것일까요
그것이 너무너무 궁금하여
아득한 별 속의 별
속의 별 속으로
한 마리 새가 되어
나는 아직도 날아가고 있습니다
먼 옛날부터 아직도 날아가고 있습니다.

개개비는 다 어디로 갔나

개개비는 다 어디로 갔나
마른 강가 갈 숲에
빈 둥지만 바람에 맡겨둔 채
개개비는 다 어디로 갔나
우리들이 제 가슴 깊은 속을
한 번도 돌아보지 않는 동안
마른 강바닥은 자갈만 드러나고
흰 목에 푸른 물길 굽이굽이 감은 채
그 작은 새들은 다 어디로 갔나
바람에 맡겨진 빈 둥지의 가슴으로
붉은 노을이 새어들 때
우리들이 서로 말을 잃고
그 둥지의 틈새로 새어드는
노을을 바라볼 때

고요의 거울

사람인 내가 신을 생각하면
아주 크고 온전한 하나의 고요
그것 말고는 아무것도 생각할 수 없습니다
사람의 말이란 하면 할수록
자디잘게 깨어지는 거울 조각 같아서
무엇 하나 온전히 비출 수 없어
매양 서로 부딪치며 시끄럽기 때문입니다
그러나 또한 사람의 말은
어느 결 덧없이 녹고 마는 눈송이 같아
고요의 거울은 늘 씻은 듯 온전합니다
신이 어찌 말하겠습니까
고요가 더는 어찌할 수 없는 지경에서
싹으로 트고 꽃봉오리로 벙글고
더러는 바람으로 갈꽃을 그려 내지만
봄 여름 가을 겨울
천지가 어찌 말하겠습니까
바로 지금 조용히 바라보세요
고요의 거울 속

꽃가지 그림자에
작은 벌레 한 마리 기어갑니다.

적막

― 기상도氣象圖·28

오뉴월 뙤약볕이
온 세상 소리들을 다 태워버렸는지
산골 마을이 적막에 싸여 있다
외딴 빈 집을 지나면서
울 너머 마당귀를 얼핏 보니
길 잃은 어린 귀신 하나가
두어 그루 패랭이꽃 뒤로
얼른 숨는다.

집

비가 오면 비를 맞고
눈이 오면 눈을 맞습니다
눈비를 피하려고
여러 번 새 집을 짓고
끊임없이 바장이며 손을 보지만
이내 지붕은 새고
벽들은 여기저기 금이 갑니다
아무리 굳은 마음의 집이라도
가을밤 날아가는 철새 소리를
구석구석 스며드는 적막한 한기를
다 막을 수는 없습니다
이제는 집을 짓지 않습니다
바람이 불면
그냥 풀잎처럼 흔들리고
무서리 된서리가 내리면
그냥 돌멩이처럼 웅크립니다

집이 없으니 비로소 큰 집이 생깁니다
춘하추동 달이 뜨면

마음 바장일 일도 없이
그냥 달빛에 젖습니다.

마음
— 고조 음영古調 吟詠

천지는 무심히
철따라 꽃 피우고 눈 내리고
쉼 없이 일을 하지만
사람은 제 한 마음 바장이어
눈서리에 잎 지는 걸 바라보며
근심할 뿐 아무 일도 못 하네
천지는 마음이 텅 비어
없는 듯이 있고
사람은 마음이 가득 차
있는 듯이 없네.

존재한다는 것

존재한다는 것은 참는다는 것이다
참지 않으면
꽃도 그 모양을 잃고
날아가던 새도
그만 흙먼지로 풀어지고 만다
보라, 저 돌멩이조차
굳게 뭉쳐 참고 있다.

갈대

갈대는 바람에 흔들리면서
제 얼굴 맨살을
두 손으로 가리지도 못하고
울고 서 있다
그러나 사람은
끝없이 생각에 흔들리면서,
흐르는 물 위에 글씨를 쓰듯
무수한 가면 위에
제 이름을 쓰고 운다

갈대가 흔들리는 사이
강물은 제 몸으로 길을 내며
스스로 길이 되어 흐르고
새는 작은 가슴 날개로
넓은 하늘 푸른 빛살이 된다
그러나 사람은
뜻으로 길을 내어
아직 닿지 못한 길 위를
홀로 떠도는 나그네로 남는다

산

고요가 쌓이고 쌓이면
산이 되느니

초승달 같은
흰 뼈 하나 속에 품고
풀잎이 무거워
지긋이 내려감은 눈이여.

말을 배우러 세상에 왔네

말을 배우러 나는 이 세상에 왔네
말을 익히며 말을 따라
산과 바다와 들판을 알았네
슬픔이 어떻게 저녁 못물만큼 무거워지는지
삶의 쓰라림과 희망이
어떻게 안개처럼 유리창에 피고 지는지
말을 따라 착하게도 많이 배웠네
이제 아이들에게 말을 가르치면서
말을 배우러 이 세상에 왔노라고
나는 다시 한 번 새삼 깨닫네
더 깊고 더 많은 말을 배우기 위해
이제는 익힌 말을 다시금 버려야 하네
가을 산이 잎 떨군 빈 가지 사이로
아주 먼 길을 보여주듯
말 떨군 고요의 틈으로 돌아가서
푸른 파도가 밤낮으로
바위에게 웅얼거리는 소리를
쪽동백이 날빛에 흰꼬리새 부르는 소리를
이제는 남김없이 들어야 하네

그 말을 배워야 하네
아이들에게 말을 가르치고
말을 배우러 나는 이 세상에 왔네.

무지개

흔들리는 그네에 앉아서 보면
먼 산이 가까워지고
가까운 산이 멀어진다
바다가 산이 되고 산이 바다가 된다

흔들리는 그네에 앉아서 보면
이 마을과 저 마을이 하나가 되고
양달과 응달이 하나가 된다
그네는 흔들리면서
이쪽과 저쪽을 지우고
그네에 앉아 있는 그대마저 지우고
마침내 이 세상에
빈 그네 제 그림자만 홀로 남는다

흔들리는 사이
그 빈 자리
하늘빛처럼 오래 오래
산새 알 물새 알은 반짝이고
풀꽃들은 피고 지리라

눈부신 싸움
허공에 그어지는 저 포물선
아름다운 무지개는
영원히 그렇게 뜨고 지리라.

4부

꽃

거울을 깨고 보라
꽃 같이 잠든
이름 모를 한 마리 짐승
그 짐승의 잠 위에 내려 쌓이는
흰 눈을 보라.

내소사來蘇寺는 어디 있는가

갈 방향을 살피고 그가 간다는 것을 아나
가는 자는 끝내 그 방향에 이르지 못한다.* -조론肇論

이 땅 끝에서
눈과 바람을 만드는 변산邊山은
사시사철 때 없이 눈이 내린다
며칠이고 밤낮으로 내리는 눈은
드디어 온 세상 소리를 죽이고
지상의 온갖 것을 다 지워버리고
모든 길을 지워버려
천지는 한 장 백지가 된다
고요한 흰 백지 속에서
내소사를 찾아 헤매는 나그네여
내소사는 어디 있는가
너의 기억 속에 상기 남아있는
빈 껍질 같은 이름이나 뒤적이며
하릴없이 길을 찾는 나그네여
저 하얀 허공에
내소사도 내소사 가는 길도
그 길을 가는 사람도 없음을
꿈에도 모르는 나그네여

내소사는 어디 있는가.

---

* 이 구절은 중론송中論頌의 관거래품觀去來品을 승조가 요약한 것.

밥과 무덤

밥을 보면 무덤이 생각난다

소학교 다니던 시절
어느 해 따뜻한 봄날
마을 뒷산의 한 무덤 앞에는
무덤 모양 동그랗게 고봉으로 담은
흰밥 한 그릇이 놓여 있었다
지난 해 흉년에 굶어 죽은 이의
무덤이었다
새싹들을 어루만지는 봄볕 속에서
봉분은 그의 죽음의 무덤이고
밥은 그의 삶의 무덤인 양
서로 키를 재고 있었다

봄이 되면
눈물도 아롱이는 먼 아지랑이 속
다냥한 밥과 무덤 아롱거린다.

산도 흐르고 들도 흐르고

강물만이 흐르는 것은 아니다
산도 흐르고 들도 흐르고
마음 안팎에
그대가 지은 굳건한 집도
집에서 여기저기 도시로 가는
그 많은 길들도 강물처럼 흐른다
바람이 갈 길을 부산하게 서두르는
수수밭가에 서서
텅 빈 그대의 가슴 속
그 저무는 하늘가 초승달을 보라
풀잎 하나가 안쓰러이
붙잡고 있는 초승달을 보라
흐르는 것은 강물만이 아니다.

마음의 불빛

내 마음의 등불을 밝히고
그 불빛 안에 홀로 앉아서
가만히 나를 바라봅니다
나를 생각합니다
세상의 밤은 깊고
바람은 허공을 울리며 달려갑니다
강에서는 갈대가
산에서는 멧새가
들에서는 풀벌레가
저저금 꿈 같은 제 불빛 안에서
한없이 저 자신을 바라보며
생각하고 있습니다

내 마음의 불빛 안에는
밤과 바람과 허공이 있고
갈대와 멧새와 풀벌레의 불빛이
밤하늘의 별처럼 반짝입니다
내 마음의 불빛 안에
한 세상이 잠겨 반짝이듯이

내 마음의 불빛과
그 불빛 안에 반짝이는 한 세상은
그렇게 또
어드메 누군가의 불빛 안에서
아득히 꿈처럼 반짝일 것입니다.

경전 밖 눈은 내리고

부처님은 보리수 아래서 크게 깨닫고 난 뒤
몇 달 동안 침묵 속에 그대로 앉아 있었다
자신이 똑똑히 보고 깨달은 이 세계의 참모습이
너무나 미묘하고 그윽하여
도무지 말로는 전하기가 어렵거니와
아무리 말한다 해도 사람들이 알 수가 없어
자신만 지칠 뿐이라고 생각했기 때문이다
그런데 범천왕이 하도 조르는 바람에
드디어 침묵을 깨고 설법한 지 사십구 년
갠지스강의 모래알보다 몇 배나 많은
팔만대장경의 말씀들을 하고 말았다
그리고 맨 마지막으로
말귀가 좀 트인 몇 제자들에게
자신은 사십구 년 동안 쉬지 않고 설법을 했지만
사실은 한 마디도 하지 않았노라고
한 말씀을 더 보태고
고요히 홀로 입적하였다

부처님이 지쳐버린 팔만대장경

그 경전 밖에서
봄 여름 가을 겨울
꽃은 피고 지고
새는 날고
송이송이 눈이 내린다.

그 빈터

우리가 오랫동안 잃어버리고
까마득히 잊고 있었던
옛 절터나 집터를 찾아가 보라
우리가 돌아보지 않고 살지 않는 동안
그 곳은 그냥 버려진 빈 터가 아니다
온갖 푸나무와 이름 모를 들꽃들이
오가는 바람에 두런거리며
작은 벌레들과 함께 옛이야기처럼 살고 있다
밤이 되면
이슬과 별들도 살을 섞는다

우리는 살아가면서
가진 것들을 하나씩 잃어버린다
소중한 이름과 얼굴마저 까마득히 잊어버린다
그렇게 많은 것을 잃고 잊어버린 마음의 빈 터에
어느날 문득 이르러 보라
무성히 자란 갖가지 풀과 들꽃들이
마파람 하늬바람과
작은 새 풀벌레들과 오순도순 살고 있다

그 드넓은 풀밭과 들꽃들 위로 지는 노을은
아름답다
참 아름답다.

돌탑

깊은 산그늘엔
어디나 돌탑이 있네
고요한 돌 위에
고요한 돌을 얹어
한없는 혼잣말을
가슴마다 쌓았네
돌탑도 산마루도
빈 하늘만 이고 있네
옛날부터 사람들은
제 마음 깊이를 몰라
아무 몰래 홀로이
산그늘에 들어
돌탑만 쌓았네.

딸기밭에서는 싸움이 안 되네

새털구름이 푸른 하늘을 짙게 물들이는
햇살도 눈부신 초여름 날에
딸기밭에서 바구니를 들고 딸기를 따던
예닐곱 명의 선남선녀가
한쪽에서 자글거리던 시비가 번져
그만 떼싸움 북새판을 벌였네
아우성을 지르며 딸기 팔매질을 하며
뭉개고 짓이기고 엎어지고 자빠지며
온통 햇살에 딸기 곤죽판이 되었는데
수없이 으깨진 딸기들 속에서
영문도 모른 채 튀어나온 볼 붉은 아이들이
철없이 뛰어다니며 겨드랑이를 간질이는지
붉은 딸기 곤죽 속에서 꼬물거리던 사람들이
갑자기 하늘 보고 크게 웃기 시작했네
딸기밭을 내려다보던 복사꽃 가지마다
주렁주렁 매달려있던 벌거숭이 아이들도
자지러지게 깔깔대며 웃기 시작했네
그 바람에 풀무치는 멋모르고 튀어 오르고
얼룩이 딱새들은 햇살 속으로 날아가네

떼싸움판을 떼웃음판으로 바꾸는
달콤한 딸기는 정말로 힘이 세네
딸기밭에서는 싸움이 안 되네.

맹물

태초에
모든 것이 물에서 시작되었다고 한다
산천초목 날짐승 길짐승이
모두 물에서 나왔다고 한다
그런데 이제 세상은
모두가 자기는 맹물이 아니라고
핏대를 세우며 박 터지게 싸우는 통에
하루도 조용할 날이 없다
참다못한 맹물이
그만 좀 시끄럽게 하고
제발들 돌아오라고 외치는데
아무 소리도 나지 않으니
아무도 들을 수가 없다
그런데 바보는
이 맹물이 외치는 소리를
참 용케도 알아듣는다

바보야 히히 웃어라
바보야 여기 맹물이 있다

맹물처럼 웃어라 바보야
히히 맹물이다 바보야.

산과 새

하늘 가까이
이마를 대고 있는 산은
새들을 낳는 푸른 자궁이고
새들이 다시 돌아와 묻히는
큰 무덤이다

나그네 길에서 홀로 떨어져
쓰러진 나무 우듬지에 앉아있는
울새 한 마리
노을빛이 물든 갈색 등이
한 장 단풍잎처럼 곱다
남은 저녁 빛이 눈동자에서 꺼지면
울새는 흙 속으로 낙하하여
지친 날개를 되돌려 줄 것이다

오늘도 산은 바람이 불면
풀잎이나 나뭇잎을 부딪치며
땅 속에선가 하늘에선가
스빗시 스비시르르르

기요로 키이키리리리리
가늘고 슬픈 새소리를 낸다.

시래기

초겨울 해거름
뒤꼍에 걸어놓은 가마솥에
무청 시래기를 삶는다
시래기를 삶는 냄새에서는
외양간 옆 쇠죽가마에서 끓이는
모락모락 하얀 김이 나는
쇠여물 냄새가 난다
외양간 옆에는 헛간이 있고
헛간에는 쇠죽을 쑤는
날콩과 마른 풀과 볏짚단이 쌓여있고
그 옆에는 시래기와 메주가
짚에 엮여 나란히 걸려있었지
초저녁 희끗희끗 내리는 눈은
외양간과 헛간 앞에 먼저 날렸지

뒷산 억새꽃을 바라보며
겨울 나는 먹거리로
김장 끝에 시래기를 삶는다
시래기를 삶는 냄새 속에

따뜻하고 동그란
밀감 빛 등불이 우련히 비친다
그 알 같이 동그란 불빛 안에서
한 식구들이 둘러앉아 밥을 먹고
소는 하얀 김이 나는
쇠여물을 먹고 있었지
밖에서는 바람이 불고
흰 눈이 이리저리 날리고 있었지.

이빨

아주 작은 한 사내가
초겨울의 땅거미를 밟고
감옥소의 철문을 나온다
언제나 그랬듯이
외진 가로수 밑으로 걸어가
아주 작게 웅크리고 앉아서
그보다 더 작은 어머니가 내놓은
두부를 말없이 먹는다
거듭되는 징역살이에
몸은 이미 거덜난 지 오래지만
아직도 튼튼한 이빨 하나로
겨우 버티고 있는 그가
이빨은 소용없으니 세우지 말라고
조용조용히 일러주는
물렁물렁한 두부를
고개 수그리고 묵묵히 먹는다
지상의 촘촘한 그물코에 갈앉은
초겨울의 어둠 속

이윽고 달무리처럼
그의 이빨만 하얗게 남는다.

단식

죽음 곁에서 물을 마신다
잠든 세상의 끝
마른 땅 위에
온몸의 어둠을 쓰러뜨리고
무구한 물을 마신다

너희들의 빵을 들지 않고
너희들의 옷을 입지 않고
너희들의 허망한 불빛에 눈뜨지 않고

주춧돌만 남은 자리
다 버린 뼈로 지켜 서서
피와 살을 말리고
그러나 끝내
빈 손이 쥐는 뿌리의 약

바람이 분다
무구한 물도 마르고

씨앗처럼
소금만 하얗게 남는다.

5부 사설시

포탄과 종소리

나는 열일곱 살이 되던 소년 시절 한 해를 서해의 하荷섬이라는 아주 작은 섬에서 보냈습니다.

변산반도 마포나루에서 바로 건너다보이는 섬인데 그 이름처럼 연꽃 한 송이가 푸른 바다에 떠 있는 형상입니다. 멀리서 보면 수평선에서부터 켜켜이 주름지며 달려온 물이랑들이 차례로 한 송이의 연꽃 가장자리를 안타까이 어루만지고 어루만지곤 하다가 하릴없이 돌아가는 그런 모습이었습니다.

이 섬은 원불교의 요양원이나 수도원 비슷한 그런 곳입니다. 섬의 한가운데쯤에 있는 본채에서는 스님 한 분이 늙은 보살님 한 분과 그리고 또 한 명의 좀 젊은 보살님과 함께 거처하였고, 섬의 동쪽 기슭에는 서로 외떨어진 두 채의 작은 초가집이 있었는데 나는 그 중 하나를 차지하고 살았습니다. 나머지 한 채의 집은 스님이나 도인 같은 분들이 잠시 잠시 머물다 가는 집으로 평소에는 늘 비어 있었습니다.

그러니까 밭일이 있을 때 더러 마포 마을에서 건너와 거들어 주는 아주 수더분한 떠꺼머리총각을 제외한다면 섬에서 상주하는 사람은 나를 포함하여 단 네 명뿐이었던 셈입니다.

나는 특별히 무슨 할 일이 있어서 거기 있었던 것이 아니었기 때문에 내 생활은 참으로 단조롭고 막막하고 무료하기 짝이 없었습니다.

낮에는 쪽마루에 앉아서 마당가의 대숲에 부는 바람 소리를 오래오래 무심히 듣고 있거나, 서걱이는 댓잎 사이사이로 잘게 부서진 거울 조각처럼 햇빛에 반짝이는 바다를 넋 놓고 바라보거나, 아니면 섬의 북쪽 끝에 있는 낭떠러지 위에 앉아서 아득한 수평선과 창망한 바다를 하염없이 바라보았습니다. 그러다가 해가 기울면 섬의 서쪽에 있는 소나무 숲에서 서러운 울음처럼 하늘을 붉게 물들이는 노을을 어두워질 때까지 바라보거나 하는 일들이 하루의 일과처럼 되었습니다.

그리고 밤이 되면 석유 등잔불을 밝히고 책을 읽었습니다. 손에 잡히는 대로 참으로 많은 책들을 읽었습니다. 순전히 막막한 무료감을 달래기 위해서 책을 읽었던 것이므로 그 내용과 뜻이 이해가 되고 안 되고는 아무 문제가 되지 않았습니다. 만일 무엇을 알고자 하거나 글의 뜻을 새기며 읽었다면 그렇게 많은 책을 읽을 수는 없었을 것입니다. 그야말로 책도 무심히 읽었다고 해야 옳을 듯합니다.

하루 세 끼 공양은 본채에서 했기 때문에 내 집에서 본채까지 가는 완만한 고개 마루 길을 늘 정해진 시간에 세 번씩 넘어 다녀야 했습니다. 숲길을 벗어나면 고개 등성이부터는 양편으로 꽤 넓은 밭들입니다. 봄이면 이 등성이 일대는 푸른 보리밭이 되었고 가을에는 키가 큰 수수밭이 되었습니다. 봄 가을 밤마다 이 보리밭과 수수밭 위로 뜨고 지는 달을 참 많이도 보았습니다. 보리밭이나 수수밭 위로 보는 달은 둥근 달보다는 초승달이나 조각달이 참으로 아름답고 인상적입니다. 아마 초승달이나 조각달이 주는 그 처연한 청량감 때문일 것입니다.

초승달도 없는 칠흑 같은 밤에 이 등성이를 넘다 보면 더러 섬찟한 무섬증이 들곤 했는데 그때마다 나는 스님이 일러준 대로, 천지여아동일체天地與我同一體 아여천지동심정我與天地同心正 −천지와 내가 한 몸이요 나와 천지가 한 마음일세−을 외우곤 했습니다. 그러면 신통하게도 무슨 비주秘呪의 효력처럼 무섬증이 가시는 것이었습니다. 나는 이후로 무섬증이 없어진 뒤에도 마치 염불하듯이 자주 이 구절을 외웠는데 나중에는 아주 입에 붙어버려서 아무 때나 무심코 이 구절을 중얼거리게끔 되었습니다.

그래서 그랬던 것일까요.

본채에서 하루 세 끼 공양 시간을 알리는 종소리가 울리는데 언제부터인지 이 종소리가 〈천지여아동일체 아여천지동심정〉을 음송하는 듯이 들렸습니다. 천지여아동일체 아여천지동심정. 그러니까 이 종소리는 그 비주와 같은 구절의 뜻에 밥 먹어라 밥 먹어라 하는 또 다른 속뜻을 함축시켰던 것입니다.

그런데 이와 같은 종소리를 내는 종은 처음부터 정상적인 종으로 주조된 것이 아니었습니다. 그것은 육이오 전란의 유물임이 분명한 커다란 포탄 껍데기였던 것입니다. 이속이 빈 포탄을 마당가의 대추나무에 걸어 놓고 하루 세번씩 종소리를 울린 것입니다. 이 포탄이 얼마나 많은 파괴와 살상을 했는지는 알 수 없지만 이제 분명한 것은 그 죽음의 포탄이 지금은 생명의 종소리로 바뀌었다는 사실입니다.

오랜 세월이 흘렀지만 나는 지금도 어디서 종소리를 들으면, 천지와 내가 한 몸이요 나와 천지가 한 마음이니 밥 먹어라 밥 먹어라 하는 그 포탄 종소리를 떠올리곤 합니다.

그 한 송이 연꽃 같은 하섬에서는 지금도 대추나무에 포탄 종을 걸어 놓고 치고 있는지, 봄 가을에는 등성이의 보리밭과 수수밭 위로 여전히 그 처연한 초승달이 뜨고 지는지, 그 뒤로 그곳에 가 본 일이 없어서 나는 알 수가 없습니다.

이러매 내가 노래한다.

하나의 쇠붙이가 종과 포탄으로 나뉘어
한쪽에서는 폭음이 울리고
또 한쪽에서는 종소리가 울리네
한 몸 한 마음이 천지와 만물로 나뉘어
저저금 제 소리로 외치고 있네
대추나무에 포탄 종을 걸어 놓은 까닭은
이제는 포탄과 종이 하나가 되어
하늘 끝까지 땅 끝까지 울리라는 뜻이네
잘 익은 대추가 탕약 속에서
갖은 약재를 하나로 중화시켜
생명을 살려내고 북돋우듯이
대추나무 포탄 종을 울리라는 뜻이네
천지는 나의 밥이고
나는 또한 천지의 밥이니
쉼 없이 생육하고 생육하라는 뜻이네

푸른 바다의 천 이랑 만 이랑 물결들이
안타까이 어루만지다가 돌아가는
작은 연꽃 섬에서는
봄 가을 날마다
대추나무의 포탄 종을 울렸었네.

매사니와 게사니

 도대체 꿈이 아니고서야 세상에 어떻게 이런 일이 일어날 수 있단 말인가. 그러나 분명 꿈은 아니었다. 꿈이기는커녕 멀쩡하게 시퍼런 눈을 뜨고서 목숨이 왔다 갔다 하는 것을 보고 있는 판이었다.

 사람들은 너나없이 모두가 넋이 빠진 채 그저 하루하루가 무사히 지나가기만을 기다릴 밖에는 별 뾰족한 대책이 있을 수 없었다. 정부로서도 매일 국가안보회의를 열어 대책을 숙의하고 뻔히 말도 안 되는 짓인 줄을 알면서도 믿는 구석은 그것밖에는 없는지라 무장한 군대까지 출동시키면서 갖은 부산을 다 떨어 보았지만 그 가공할 게사니떼의 횡포 앞에서는 그런 것들이 모두 한갓 어린애의 부질없는 장난일 뿐이었다.

 이 황당하고 끔찍한 사태의 처음 시작은 자다가도 웃음이 쿡하고 터질 만큼 차라리 익살스럽고 신선한 느낌마저 안겨주는 그런 것이었다.

 최초의 희생자가 된 그 박 아무개라는 오십대 중반의 변호사는 그날따라 좀 겨운 시간의 점심이었는데도 늘 가장 맛있게 먹던 도가니탕이 도무지 당기지 않는지 그저 맥없이 잔 수저질만 하였다. 먹는 둥 마는 둥 그렇게 싱겁게 점

심을 끝내고 따사로운 오월의 햇살을 받으면서 일행들과 함께 사무실을 향하여 걷고 있는 중이었다. 그때 갑자기 무엇에 놀랐는지 일행 중 하나가 잔뜩 겁에 질린 목소리로 말을 더듬었다.

"어? 이거 --- 박변호사 ---다 당신 그림자가 없어--- "

이 외침이 그 무서운 재앙을 알리는 신호였음을 아는 사람은 그 당시에 아무도 있을 리 만무한 일이었고 또 그 뚱딴지같은 말이 구체적으로 무엇을 뜻하는 것인지 알아차리기까지는 잠시 어리둥절할 시간이 필요했다. 겨우 말뜻을 낚아채고서야 화들짝 놀란 일행들은 서로 자신과 동료들의 그림자를 몇 번이고 확인한 뒤에야 그림자가 없어진 박변호사의 모습을 얼빠진 표정으로 바라보았다. 아무리 이리저리 돌려놓고 보아도 있어야 할 그의 그림자는 보이지 않았다.

그림자 없는 사내의 이야기는 삽시간에 장안의 화제가 되었고 그는 금방 유명해졌다. 그러나 병원에서 정밀검사를 수없이 해 보고 저명한 과학자들이 모여서 온갖 검사와 실험을 다 해 보았지만 그림자가 없어진 원인이 밝혀지기는커녕 점점 더 혼란스러운 미궁에 빠져버린 나머지 이제는 모두가 제 자신의 정신이 혹 어떻게 잘못된 것은 아닌가 하고 의심하는 지경이 되어버렸다. 그림자가 없어졌다는 것이 물질 현상인지 정신 현상인지, 또는 물리적 현상인지 생물학적 현상인지, 아니면 사회학적 현상인지 신학적 현상인지 도무지 갈피를 잡을 수 없었고 생각할수록 그것은 애초부터 있을 수도 없는 일이요 웃기는 일로만 여겨졌다.

다만 당사자인 박 변호사한테 일어난 몇 가지 특이한 변화가 계속 주목되었다. 그에게 일어난 가장 뚜렷한 변화는, 첫째, 의학적 소견으로는 아무 이상이 없는데도 예전의 왕성한 식욕이 사라지고 겨우 연명할 정도의 극히 적은 음식물을 섭취하는 것으로 만족한다는 점, 둘째, 사물과 현상에 대한 변별력뿐만 아니라 그에 따르는 호오의 판단력이 매우 흐려졌다는 점, 셋째, 좀 천치 같은 표정으로 무엇에나 잘 웃고 무사태평하시만 결코 아무 일에도 흥미와 의욕을 느끼지 않는 심각한 무기력증에 빠져있다는 점 등이었다. 당연한 결과지만 그는 이미 다시는 정상적인 사회생활을 할 수 없는 상태가 되어 있었다.

어쨌든 그림자 없는 사내의 이야기는 지루하고 답답하고 눅눅하기만 하던 일상에 한 줄기 청량한 바람이 되어 한동안 사람들을 유쾌하게 만들었다. 그러나 그것도 잠시였을 뿐 한 지방도시에서 젊은이 하나가 역시 박 변호사와 똑같은 증상으로 그림자가 없어졌다는 사실이 요란하게 보도되자 이제 사람들은 모두 어떤 불길한 예감에 휩싸이면서 말소리를 낮추기 시작했다. 처음에는 그런 황당한 이야기를 무슨 귀신이 트림하는 소리쯤으로 여기던 치들까지도 막상 일이 이렇게 되자 하루에도 몇 번씩 제 그림자를 챙겨보게 되었고 누구나 사람을 만나게 되면 우선 서로의 그림자부터 몰래 훔쳐보는 버릇들이 생기게 되어버렸다.

사태는 여기서 그치지 않았다. 사람들의 불길한 예감이 깊어지고 확산되는 속도에 맞추기라도 하려는 듯이 얼마 뒤부터는 거의 매일이다시피 그림자 없는 사람들이 여기저기서 나타나기 시작했다. 어린이만 빼놓고는 남녀와 직업과 연령을 가리지 않고 그 말도 안 되는 재앙의 희생자가 되었다.

그러나 정작 온통 나라가 지푸라기 하나 잡을 수 없는 공포의 늪 속으로 빠져들게 되고 인심이 수심이 되어 흉흉해지기 시작한 것은 임자 없는 그림자들이 이곳저곳에서 떼로 몰려다닌다는 소문과 보도가 있고서부터였다. 그리고 이러한 소문과 보도는 누구나 두 눈을 번히 뜨고 확인할 수 있도록 곧바로 현실이 되어 나타났다.

그림자들은 철모르는 어린애를 빼놓고는 닥치는 대로 사람을 죽이고 다녔다. 그림자가 죽인 시체는 아무 상처도 없이 말짱하였는데 다만 한 방울의 피도 남기지 않고 빨린 채 종잇장처럼 하얗게 말라 있었다. 참으로 끔찍한 모습이었다. 피해자의 시체는 곳곳에 즐비하였다.

그러나 사람들은 공포에 떨면서도 도시 어떻게 해볼 도리가 없었다. 그림자를 죽일 수도 없었고 막을 수도 없었다. 그것들은 아무리 높은 장애물도 타고 넘었고 바늘구멍만한 틈이라도 있으면 얼마든지 스며들었다. 아니 그것들은 무엇이든 닥치는 대로 파괴할 수 있는 힘을 가지고 있었다. 멀쩡하던 아파트나 건물을 무너뜨렸고 교량들을 폭삭 가라앉게 하였고 때로는 열차를 전복시키기도 했다. 뿐만 아니라 울창하던 산을 눈 깜짝할 사이에 무너뜨려 벌건 속살을 드러내게 하였다.

누가 처음에 그렇게 부르기 시작했는지 또 그것이 무슨 뜻인지도 모르는 채 사람들은 언제부터인지 그림자 없는 사람을 매사니라고 부르고 임자 없는 그림자를 게사니라고 부르고 있었다. 어느덧 세상은 온통 게사니떼의 뜨더귀판이 되어 있었다.

이런 와중에서도 게사니에 대한 몇 가지 특이한 점이 발견되었다. 게사니떼가 휩쓸고 지나간 곳에는 예외 없이 단맛을 내는 음식물이 흔적도 없이 사라지는 것으로 보아서 매우 단것을 좋아한다는 점, 매사니들은 얼마 살지 못하고 힘없이 죽어갔는데 그에 따라서 게사니도 하나씩 사라진다는 점, 그리고 이것이 사람들에게는 가장 복음처럼 생각된 것인데, 게사니는 철없는 어린애를 무서워하여 가까이 접근하지 못한다는 점 등이 그것들이었다.

그래서 사람들은 단맛이 나는 것은 무엇이든지 멀리 내다 버리고 소태같이 쓰디쓴 음식만을 먹기 시작했고 나들이를 할 때나 집에 있을 때나 어린애와 함께 생활하기 시작했다. 그러나 철없는 어린애의 숫자는 한정되어 있는 데다가 그렇다고 갑자기 낳을 수도 없는 일이어서 어린애 때문에 곳곳에서 웃지 못할 싸움과 반목만 늘어날 뿐 애초부터 근본적인 해결책은 될 수가 없었다.

새로운 매사니와 게사니는 기하급수적으로 불어나는데 반하여 그것들이 사라지는 속도는 몹시 더디었다. 정부로서도 이제는 그것이 전염병이 아닌 줄 알면서도 매사니를 일정한 장소에 수용하여 관리하는 것이 고작일 뿐 속수무책이었다. 사람들은 악몽을 꾸고 있는 것이라고 억지로 믿음으로써 잠시나마 거짓 위안이라도 얻는 수밖에는 달리 도리가 없게 되었다.

그러자 이때를 타서 매사니와 게사니의 무서운 재액을 없앤다는 무슨 다라니 주문 같은 노래 하나가 출처도 없이 흘러나와서 유행하기 시작했다.

> 산아 산아
> 바다에서 태어난 산아
> 바다의 얼굴로 나와서 춤을 추어라
> 바다야 바다야
> 산에서 태어난 바다야
> 산의 얼굴로 나와서 춤을 추어라
> 끝없는 춤이 불꽃이 되어
> 다시 산을 만들지라도
> 끝없는 춤이 물보라 되어
> 다시 바다를 만들지라도
> 쉬지 말고 도래춤을 추어라
> 도래춤을 추어라

이 밑도끝도 없는 노래는 삽시간에 퍼져서 너도나도 뜻도 모르고 밤낮없이 외우고 다녔지만 결코 재앙이 줄어드는 것 같지는 않았다.

그러자 이번에는 더욱 큰 소동이 벌어지기 시작했는데 누가 발견했는지 게사니떼가 가장 무서워하는 것은 흰 토끼라는 소문 때문이었다. 그 소문이 어느 정도 사실로 입증되자 사람들은 서로 먼저 흰 토끼를 구하기 위해서 앞뒤 가리지 않고 정신없이 뛰기 시작했고 갑자기 토끼 값도 천정부지로 뛰기 시작했다. 이 바람에 겨우 명맥만 유지하던 식육용 토끼 사육업자들과 모피용으로 친칠라, 앙고라 등을 기르던 소수의 업자들은 하루아침에 벼락부자가 되었다. 급기야는 병원에서 실험용으로 기르던 토끼마저 동이 나게되자 미처 구하지 못한 사람들은 봉제 토끼라도 사기 위해서 거리를 쓸고 다니며 야단법석을 떨어야 했다.

이제 바야흐로 세상은 토끼의 천국이 되는 듯싶었다. 가는 곳마다 토끼똥 냄새가 코를 찔렀고 집집마다 그 성질 급한 토끼를 탈없이 키우느라고 사람들은 그야말로 눈물겹고 웃지 못할 온갖 정성을 다 바쳤다. 그러나 그것도 앞문은 열어놓고 뒷문만 닫아 거는 격으로 게사니의 횡포는 피할 수 있어도 스스로 매사니가 되는 것은 끝내 막을 수 없는 노릇이었다.

　나달은 쉬임없이 바뀌는데 절망적인 탄식은 한가지로 높아갔다. 어쩌다가 매사니와 게사니는 헤어지게 되었는가. 어쩌다가 게사니는 제 어미와 자신까지 죽이게 되었는가.

　이러매 내가 노래한다.

　　소금기 눈부신 햇살을 거두고
　　날이 저문다
　　젖빛 낮은 목소리로
　　하늘에는 구구구 모이도 흩뿌리며
　　밤이 맨가슴 품을 열자
　　비로소 참나무는 참나무 속으로
　　옻나무는 옻나무 속으로 어두워져
　　문득 잊은 새를 깨운다
　　멀고 먼 돌 속에서
　　속눈썹 사이로 날아오는 흰 새

　　그러나 밤이 깊어도 사람들은
　　해묵은 누더기를 펄럭이며
　　길가를 떠돈다
　　빈 마을은 집집마다

마른 개들이 도둑을 지키고
이슬도 젖지 않는 길에 쓰러져
설핏 잠든 사람들은
바람에 헝클린 겹겹의 지평선을
목에 감은 채
밤새 날갯짓하는 꿈을 꾼다

아침이 되면
감싸고 감싸이는 꽃잎의 중심
그 돌 속에서
온갖 물생物生들은 다시 태어나지만
그러나 보라
돌 밖 에움길의 어지러운 발자국 속에
휴지처럼 구겨진 깃털과 함께
사람들은 늘 시체로 남는다.

산문

시인·풀꽃·당나귀

　예전부터 그런 생각을 더러 아니 한 것은 아니지만 죽음을 건너는 큰 수술을 하고 나서 나는 될 수 있는 대로 단순하게 살자는 그 생각을 더욱 자주 하게 되었다. 건강을 잃어버리거나 노년으로 접어드는 사람들이 아마도 대개는 그럴 것이다.

　그러나 단지 생각하고 말하기는 쉬워도 정작 단순하게 산다는 것은 얼마나 어려운 일인가. 단순하다는 것은 무엇보다 먼저 정직하다는 뜻이고 욕심이 없다는 뜻이고 아무 꾸밈이 없이 검소하다는 뜻이다. 깊은 산 속에 들어가서 혼자 수도생활을 한다면 몰라도 사회생활을 하는 사람이 오로지 정직하고 욕심이 없고 아무 꾸밈이 없이 검소하게 산다는 것은 참으로 불가능한 일로만 여겨진다. 그렇게 살 수 있다면 바로 그런 사람이 성인일 것이다.

　성인에게서나 기대할 수 있을 것 같은 그 단순한 삶의 모습은 그래서 늘 우리에게 오랜만에 문득 올려다보는 밤하늘의 먼 별처럼 변함없이 빛나고 있는 듯이 보인다. 밤하늘의 그 먼 별에까지 이를 수는 없다 할지라도 나는 그 별빛이나마 잊지 않기 위해서 자주 혼자 산길을 걷는다. 호젓한 산길을 이리저리 혼자 걷는 것은 아주 쉽사리 단순하게 되는 일이기도 하거니와 무엇보다도 오롯하게 내 목숨의 따뜻한 살결과 숨결을 느낄 수 있기 때문이기도 하다.

다행히 나는 청계산 기슭에 살고 있어서 혼자 산길을 걷는 그 작은 행복을 어렵지 않게 누리고 산다. 청계산은 도타운 어머니의 가슴처럼 푸근한 느낌을 주는 흙산이다. 철따라 피고 지는 풀꽃들과 이따금 들려오는 맑은 새 울음소리가 그렇게 아기자기할 수가 없다. 갖가지 나무 이파리들이 말없이 손사래 치며 가리켜 보이는 푸른 하늘을 문득 올려다보면서 걷고 있으면, "산은 절로 무심히 푸르고 구름은 절로 무심히 희다.山自無心碧 雲自無心白"라는 지경에 어느덧 들어선 듯한 느낌이 든다.

나는 될 수 있는 대로 소롯길을 잡아 걷는다. 걷다 보면 눈에 잘 띄지 않는 호젓한 곳에 이름 모를 풀꽃들과 잡초들이 누구한테 들킬세라 조용조용히 소곤거리며 숨어 있다. 나는 곧잘 이런 곳에 쭈그리고 앉는다. 아주 작은 풀꽃들은 말할 것도 없거니와 저저금 다른 모습을 하고 있는 잡초들도 보면 볼수록 신기하고 아름답다. 풀포기 사이로는 작은 벌레가 한 마리 기어가고 있다. 그리고 벌레가 기어가는 길에는 모래와 잔돌들이 햇볕에 반짝인다. 한참 동안 이것들을 바라보고 있노라면 이것들과 함께 말없이 앉아 있는 내가 또한 보인다. 나는 문득 이것들이 내 분신이거나 안쓰럽게 살고 있는 살붙이들로만 여겨진다. 그리고는 이내 알 수 없는 슬픔이 저 깊은 속에서 번지고 있음을 느끼게 된다.

작고 힘없고 외롭고 가난하고 쓸쓸하고 그리고 거의 부재의 끄트머리에서 어렵사리 존재하고 있는 이것들과의 공감 속에서 느끼게 되는 이 슬픔을 무엇이라 해야 하는가. 자기연민인가. 나는 이런 슬픔이 자기연민뿐만 아니라 그것을 넘어서 그렇게 존재하며 살도록 한 하늘과 그렇게 존재하고 살 수 밖에 없는 것들 자체를 안타까이 여기고 불쌍하게 생각하는 비천민생悲天憫生의 비민의식, 즉 우주적 비정悲情에까지 맞닿아 공명하는 것이라고 생각한다.

그러므로 이러한 감정은 생명과 존재의 공감 속에서 가장 직접적이고 분명하게 느끼게 되는 아주 단순하고도 강력한 힘이다. 단순하기 때문에 강력하기도 한 이 원초적 슬픔이야말로 우리의 삶을 바르고 튼튼하게 잡아주는 진정한 힘이라고 나는 생각한다.

백석의 시에 「흰 바람벽이 있어」라는 것이 있다.

－전략－

이 흰 바람벽엔
내 쓸쓸한 얼골을 쳐다보며
이러한 글자들이 지나간다
－나는 이 세상에서 가난하고 외롭고 높고 쓸쓸하니 살아가도록 태어났다
그리고 이 세상을 살아가는데
내 가슴은 너무도 많이 뜨거운 것으로 호젓한 것으로 사랑으로 슬픔으로 가득찬다
그리고 이번에는 나를 위로하는 듯이 나를 울력하는 듯이

눈질을 하며 주먹질을 하며 이런 글자들이 지나간다
　―하늘이 이 세상을 내일 적에 그가 가장 귀해하고 사랑하는 것
들은 모두
　가난하고 외롭고 높고 쓸쓸하니 그리고 언제나 넘치는 사랑과
슬픔 속에 살도록 만드신 것이다.
　초생달과 바구지꽃과 짝새와 당나귀가 그러하듯이
　그리고 또 프랑시스 잠과 도연명과 라이너 마리아 릴케가 그러
하듯이.

　윤동주의 「별 헤는 밤에」라는 시에도 보면, 별 하나마다
그리운 이름을 붙여 보면서 "가난한 이웃 사람들의 이름과,
비둘기, 강아지, 토끼, 노새, 노루, 프랑시스 잠, 라이너 마리
아 릴케, 이런 시인의 이름을 불러봅니다." 라고 쓰고 있다.
인용한 백석 시의 끝 부분과 아주 흡사하여 자못 흥미롭
다.
　어쨌든 이 빼어난 두 시인은 위에서 말한 바 있는 원초
적 슬픔을 같은 방식으로 말하고 있다. 식물과 동물과 시인
을 나란히 이웃하게 하고, 백석의 시에서 보는 것처럼 초생
달마저도 나란히 이웃하게 하고, 그것들의 궁극적인 생명
의 공감 속에서 그들은 슬픔과 사랑과 그리움을 노래한다.
바구지꽃과 짝새와 당나귀와 시인들이 그러하듯이, 하늘은
가장 귀해 하고 소중한 것들은 모두 가난하고 외롭고 높고
쓸쓸하게, 그리고 넘치는 사랑과 슬픔 속에서 살도록 만들
었다고 한다.
　백석의 정의에 따른다면 시인은 호젓한 것으로 사랑으
로 슬픔으로 가득차서 가장 가난하고 외롭고 〈높고〉 쓸쓸

하게 살아가도록 운명지어진 사람이다. 〈높게〉 산다는 것은 아마도 옳고 바르고 참되게 사는 것이며, 그것은 또한 꾸밈 없는 생명의 곧은 표현, 즉 단순한 삶을 뜻하는 것이기도 할 것이다.

앞에서 원초적 슬픔이야말로 우리의 삶을 바르고 튼튼하게 잡아주는 진정한 힘이라고 이야기한 바 있지만 슬픔은 〈높게〉 사는 일과 안팎을 이루고 있다. 우주적 비정이라 할 수 있는 비민의식으로부터 사람의 도덕적 결의와 실천은 비롯된다. 천도를 드러내고자 부단히 내성수덕을 쌓았던 옛 선비들의 가난하지만 높은 삶의 모습도 바로 이러한 비민 의식으로부터 비롯된 것이라고 나는 생각한다. 시인의 슬픔이 결국 존재와 생명과 자유를 향한 그리움이 되고 흔들리는 삶을 튼튼하게 붙잡아 주는 근원적이고 커다란 힘이 된다는 것은 바로 이런 까닭에서다. 생각해 보라. 분노와는 사뭇 다른 외로움과 슬픔 속에서 어떻게 사람이 공격적인 소유만을 일삼을 수 있으며 파괴적일 수 있으며 억압적일 수 있겠는가.

그런데 오만한 지적 조작의 힘에 의하여 모든 것이 사분 오열되고 파편화되어 가는 오늘날 우리의 시인과 시는 과 연 어떤 얼굴을 하고 있는가. 창백한 지적 유희의 재미에 빠져 혹시 생명적 공감의 울림을 너무 오래 잊어버리고 있는 것은 아닌가. 일방적인 언어 기호의 불모성에 또는 폐쇄회로와 같은 자의식에 고립되어 쳇바퀴를 돌고만 있는 것은 아닌가.

삶의 길 또는 시의 길이 때로 그와 같은 지적 험로의 단련을 요구하는 것이기도 하지만, 또 한편으로 시와 삶의 본래 모습이 설혹 그렇다 할지라도, 선승들이 깨달은 뒤에 그 깨달음을 보름달에 백로를 숨기듯이, 일전一轉해야만 모든 것이 온전하고 완미한 자리로 돌아와 다시 싱싱하게 살아갈 수 있는 것은 아닌가.

나는 백석이나 윤동주가 조용한 목소리로 이야기하던 그 원초적 슬픔과 그 근원적 생명의 공감이 영원히 마르지 않는 시의 한 원천임을 아직 믿는다. 별을 헤며 확인하는 풀꽃과 당나귀와 시인의 단순한 삶이 변함없이 아름다운 것이라고 아직 믿는다.(2003)